AF320884

ORAISON FUNEBRE

DE
TRES-HAUT ET TRES-PUISSANT

PRINCE

MONSEIGNEUR

PHILIPPE FILS DE FRANCE,

FRERE UNIQUE DU ROY,

DUC D'ORLEANS.

Prononcée dans l'Eglife de l'Abbaye de S. Denis le 23. Juillet
par M. François de Clermont Tonnerre,
Evêque Duc de Langres Pair de France.

A PARIS,

Chez ANDRE' PRALARD, ruë faint Jacques,
à l'Occafion.

___

M. DCCI.

AVEC PERMISSION.

ORAISON FUNEBRE

DE TRES-HAUT ET TRES-PUISSANT
Prince Monseigneur PHILIPPE FILS DE FRANCE
Frere unique du Roy, Duc d'Orleans.

Qui tecum in omnibus ubicunque ambulasti , interfeci uneverſos inimicos tuos à facie tua ; fecique tibi nomen grande, juxta nomen magnorum qui ſunt in terra.

Je ne vous ay jamais abandonné, je vous ay rendu victorieux de tous vos ennemis toutes les fois qu'ils ont paru devant vous ; & je vous ay fait un grand nom parmy les plus grands Princes de la terre. Ce ſont les paroles que le Prophete Natan diſoit à David de la part de Dieu, rapportées dans le 2. Livre des Rois ch. 7.

MONSEIGNEUR,

Les triſtes preuves de la vanité du monde paroiſſent icy dans leur jour ; ces grandeurs éblouïſ-

fantes qui feduifent les hommes leur font fentir aujourd'huy ce que l'éloquence Chrétienne ne peut leur
perfuader, & à la vûë de cette pompe funebre, les
cœurs pleins de nôtre douleur, nous fommes con-
traints de reconnoître le néant du monde dans la
perte d'un Prince qui en faifoit l'ornement.

Grandeurs fuprêmes, eftime publique, réputation
univerfelle, vous avez toûjours accompagné ce Prince
dans le cours de fon illuftre vie; mais il ne vous connoît plus aujourd'huy, & fi vous rendez fon nom
immortel, ces vaines idées d'un bonheur dont il ne
peut joüir, feroient pour nous de foibles confola-
tions, fi les Miniftres de l'Eglife ne luy pouvoient
dire avec le Prophete, de la part de celuy qui ne perd
point de vûë fes Elus, je ne vous ay jamais abandonné, *Fui tecum in omnibus ubicunque ambulafti.*

Oublions, comme ils le meritent, ces Princes qui
poffedez de leur grandeur ne regardent jamais au
deffus d'eux, leur felicité paffagere fouvent troublée
par les paffions, fe termine par un petit nombre
d'années; & ne confervans de leur élevation que le
compte qu'ils font obligez d'en rendre, funeftes vic-
times de la grandeur, ils paroiffent devant le tri-
bunal de Dieu, vuides des actions de vertu qui con-
duifent à une gloire folide.

Le Prince que nous regrettons ne nous laiffe point
ces fâcheufes idées, formé du plus illuftre fang du
monde, modefte dans fa grandeur; né dans une
Cour dont la politeffe a toûjours fait l'envie & l'admiration de toute l'Europe, fi Dieu avoit permis que

dans les premiers feux d'une vive jeuneſſe, ſon cœur ſe fût laiſſé ſurprendre par les faux appas des plaiſirs, une ſecrette conduite de la Providence qui le rappelloit à Dieu dans le temps meſme qu'il s'en éloignoit, luy a toûjours fait ſentir que Dieu ne l'a jamais abandonné. *Fui tecum in omnibus ubicunque ambulaſti.*

Mais penetrons plus avant dans les deſſeins de la bonté de Dieu ſur ce Prince; il ne s'eſt pas contenté de le conduire par des voyes cachées aux yeux des hommes, il a voulu que ſon nom ſe répandît de toutes parts, qu'il fût auſſi craint & eſtimé parmy les ennemis de l'Etat, qu'il étoit aimé & reſpecté parmy nous; & pour luy donner ces ſignes viſibles de ſa protection que David demandoit avec tant d'ardeur, il répandoit la terreur parmy les Ennemis auſſi-tôt qu'ils paroiſſoient devant luy: *Interfeci univerſos inimicos tuos à facie tua.*

Les projets les plus difficiles, les entrepriſes les plus perilleuſes ne ſervoient qu'à relever ſa gloire; en un mot, tout réuſſiſſoit entre les mains de ce Prince, parce qu'il étoit toûjours conduit par la main de Dieu.

Diſons donc avec le Prophete, que le Seigneur luy a fait un grand nom, *Feci tibi nomen grande*; un grand nom par ſon ſang auguſte, qui ne connoît que Dieu au deſſus de luy, comme parloit autrefois Tertullien d'un Empereur de ſon temps; un grand nom par ſa valeur, dont le bruit s'eſt répandu dans les Païs les plus éloignez; un grand nom par les ſoins qu'il

s'eſt donné de ſuivre les traces du Roy, croyant
avec juſtice ſe mettre au deſſus de tous les Princes du
monde, s'il pouvoit approcher de luy; un plus grand
nom par ſa pieté envers Dieu, par ſa charité envers
les pauvres, & par tant de vertûs, que l'éloquence
a peine à ſe déterminer.

Cependant, MESSIEURS, pour faire place à
des larmes que vous ne retenez que par reſpect, &
que vous ne pouvez retenir long-tems, renfermons
ce diſcours, quelque vaſte qu'il dût être, dans les paroles de mon texte, & publions avec le Prophete, que le
Prince pour lequel l'Egliſe offre aujourd'huy le ſang
de JESUS-CHRIST, a été grand devant les hommes,
& grand devant Dieu: Grand devant les hommes, par
une valeur tant de fois éprouvée : Peuples vaincus, venez honorer ſa memoire ; grand devant Dieu, par une
pieté tendre & charitable ; Pauvres qu'il a ſi ſouvent
ſecourus, venez aux pieds des Autels rendre compte
des liberalitez qu'il vouloit cacher aux yeux des hommes. Et vous, ſacrez Miniſtres du Seigneur, ſuſpen-
dez pour quelques momens ce Sacrifice ſi ſolemnel &
ſi neceſſaire, pour laiſſer la triſte conſolation d'entendre l'Eloge funebre de TRES-HAUT ET TRES-
PUISSANT PRINCE MONSEIGNEUR
PHILIPPE FILS DE FRANCE, FRERE
UNIQUE DU ROY, DUC D'ORLEANS.

PREMIERE
PARTIE.
Les Heros étans l'ouvrage du ciel qui les deſtine
à paroître ſur la terre au deſſus des autres hommes,
ne connoiſſent point dans leur jeuneſſe ces tems

obſcurs où le public incertain de leur ſort ne commence pas encore à ſentir ce qu'ils ſeront un jour; les premieres marques de leur vertu paroiſſent avec leurs premieres années, & l'on apprend à les admirer auſſi-tôt qu'on peut les connoître.

Tels ont été les ſentimens que Monſieur a inſpirés dans ſa premiere jeuneſſe; un eſprit vif & aiſé, un air prévenant & affable, de la fierté quand on luy reſiſtoit, de la bonté quand on cherchoit à luy plaire, une ſecrette envie de gagner tous les cœurs, une noble émulation de ſurpaſſer ce que l'antiquité luy preſentoit de plus grand; voilà, Meſſieurs, les premiers eſſais de ſes vertus; voilà les premieres idées ſur leſquelles Monſieur accoûtume à juger ce qu'on doit attendre de luy.

De ſi grandes & de ſi aimables qualitez l'aſſuroient des cœurs de tout le monde: & ſi l'on pouvoit croire qu'on partageât quelque choſe avec LOUIS LE GRAND, on oſeroit dire que Monſieur a partagé avec luy la tendre amitié de la Reine ſa mere. Cette Princeſſe qui admiroit les vertus heroïques du Roy, qui entrevoyoit dans les premieres années de ſon regne, ce que ſon grand cœur luy feroit entreprendre, ce que ſa ſageſſe luy feroit executer, ſentoit une ſecrete complaiſance de luy avoir donné un frere ſi digne de luy.

Elle élevoit ce Prince dans la ſoumiſſion qu'il devoit au Roy; elle l'entretenoit des grandes qualitez qui commençoient à paroître dans ce jeune Monarque, & rappelloit à ſa memoire, ces tems

fâcheux où la division des freres avoit fait leur malheur & celuy des peuples. La Reine trouvoit dans
le cœur de Monſieur pour le Roy tous les ſentimens qu'elle vouloit luy inſpirer ; une ſecrete admiration née avec ce Prince pour la perſonne de ſon
auguſte frere , un reſpect inviolable , un dévoüe-
ment pour ſa gloire qui luy a fait mépriſer les perils les plus certains toutes les fois qu'il a crû y pouvoir contribuer ; enfin on peut dire que Monſieur
s'eſt formé dés ſes plus tendres années l'idée du Roy,
telle qu'elle eſt aujourd'huy dans toute l'Europe,
& que ſi il a ſatisfait aux mouvemens de ſon cœur,
en conſervant pour luy cette amitié tendre & reſ-
pectueuſe que la nature luy avoit donnée; il a tra-
vaillé en même tems pour ſa propre gloire , en
marquant un parfait attachement pour un Prince
qu'il a toujours admiré.

Quelle joye excitoit dans le cœur de la Reine
mere une ſi étroite union entre deux Princes qu'elle
aimoit ſi tendrement ; quelle gloire pour elle aprés
avoir ſi ſagement gouverné ce Royaume, de voir
monter ſur le Trône un fils ſi digne de regner, &
quelle conſolation de trouver dans la perſonne de
Monſieur, un Prince qui remplit tous les devoirs de
premier Sujet du monde , & de frere de L o u i s
le G r a n d !

Mais quelle fut la vive douleur de Monſieur,
quand la France menacée par la maladie du Roy
à Calais, d'un malheur que tous les ſiecles avenir
n'auroient pû reparer, ſentoit par avance ce que ce
                                                    grand

grand Prince feroit un jour par la juste crainte qu'elle avoit de le perdre, dans des tems si tristes où l'incertitude de l'évenement faisoit trembler tout le monde, Monsieur étoit l'exemple de la douleur publique ; on lisoit sur son auguste visage l'état de la santé du Roy ; l'estime & l'amitié luy faisoient sentir, qu'il preferoit l'honneur de vivre son Sujet à la gloire de regner ; pénétré des vertus de ce Monarque, il ne pouvoit imaginer qu'il y eût un Prince sur la terre qui pût remplir sa place : & si quelques Courtisans flateurs vouloient luy faire entre-voir la grandeur qui le regardoit, ils trouvoient dans le cœur de Monsieur une si grande indignation, que respectans sa douleur, ils n'osoient plus exciter son ambition.

Le Ciel se contenta de nous menacer : LOUIS vécut, & donné une seconde fois aux vœux & aux besoins de la France, il rendit la joye de Monsieur si parfaite, qu'il sembloit que Dieu ne l'eût accordé qu'à ses justes desirs.

Admirons, Messieurs, quelques mourens les marques d'une amitié si heroïque ; avoüons que l'antiquité ne nous fournit rien de si grand, & ne cherchons que dans les vertus de Monsieur, des exemples qu'il n'a reçûs de personne.

Fidele à tous ses devoirs, sa pieté pour la Reine sa mere, égaloit s'il se peut, son respect pour le Roy ; cependant n'attendez pas que je vous fasse icy un portrait de tout ce qu'il a senty quand il a vû cette grande Princesse combattre si long-tems con-

tre la mort ; ne croyez pas que je vous parle de la
tendreſſe qu'elle luy a marquée dans les derniers momens de ſa vie ; preſſé par le tems , je ne puis vous
entretenir ny de la douleur , ny de la reconnoiſ-
ſance de ce Prince ; appellons donc à nôtre ſecours
ce ſuperbe monument de la Religion & de la magnificence de cette grande Reine , dans lequel on
voyoit Monſieur tous les ans auſſi touché de la perte
de la Reine ſa mere, que ſi le ciel venoit de la luy
ravir , offrir à Dieu ſes vœux & ſes prieres pour
cette Princeſſe toûjours preſente à ſon cœur.

Je m'apperçois , Meſſieurs , que ne ménageant pas
aſſez vôtre douleur , je vous parle trop ſouvent
de celle de Monſieur ; ſes vertus douces & aimables ne ſervent qu'à vous entretenir dans vos triſtes
reflexions ; le bruit des armes me paroît plus propre
à les ſuſpendre , du moins pour quelques momens ;
conſiderons donc ce grand Prince appliqué à appren-
dre ſous le Roy l'art de de vaincre ſes ennemis.

Le malheur des tems obligeant le Roy à prendre
les armes pour maintenir les droits de la Reine, il
parut en Flandres avec une armée conſiderable ; ſes
troupes ſoûtenuës de ſa preſence , marchoient avec
cette fierté ſi naturelle aux François ; & ſûrs de vain-
creſous les yeux d'un Roy qui a ſçû fixer l'inconſtan-
ce de la victoire ; ils ne ſouhaitoient que de trouver
des ennemis pour les combattre ; la campagne aban-
donnée par les troupes qui la devoient défendre,
engagea le Roy à former le ſiege des principales
Villes de Flandres , eſperant que ſes ennemis qui

s'étoient attirez la guerre paroîtroient pour la soûtenir , & que combattant à la teste de ses troupes , il pourroit leur dire avec un de ses Augustes predecesseurs , *Avoüez que je suis digne de vous commander.*

Les Villes de Tournay , Doüay , Oudenarde , Lisle furent emportées par la valeur de ce jeune Monarque sans que les ennemis osassent paroître ; Monsieur pendant ces Sieges non content de n'abandonner jamais la personne du Roy & de donner à ses yeux des marques continuelles de son courage , se déroboit pour aller dans la tranchée exciter par sa valeur celle des soldats ; c'est-là que par ses liberalitez , & par ses exemples , animant les troupes , il osoit en plein jour avancer à découvert des ouvrages ou l'on ne travaille que la nuit ; c'est-là qu'oubliant cette complexion délicate qui sembloit l'éloigner des exercices penibles , il faisoit paroître la force d'un soldat avec les vertus d'un Heros ; c'est-là enfin que méprisant les soins de sa vie , il ne cherchoit l'estime publique que pour mériter celle du Roy.

La haute réputation que Monsieur avoit acquise dans cette campagne , porta le Roy qui vouloit contribuer à la gloire de ce Prince à l'envoyer dans la Campagne d'Hollande former le Siege de Zutphem ; quelle joye pour Monsieur de pouvoir donner une libre étenduë à sa valeur , il approche de cette Place , il la reconnoît , les remontrances des Generaux sur les perils où il s'expose sont inutiles , il veut être à l'ouverture de la tranchée , il veut juger par luy-même des travaux , il veut se mettre à la teste des troupes pour repousser les ennemis s'ils osent faire quelque sortie considerable ; en un mot il veut être par tout pour ne partager sa gloire avec personne.

Cette Place forte & deffenduë par quatre mil hommes , se promettoit une vigoureuse resistance, ces difficultez augmentent l'audace de ce jeune Prince, il avoit vû que tout plioit devant le Roy , il crût que rien ne devoit résister à son Frere , il redouble ses soins pour faire avancer les travaux , les soldats ne trouvent rien d'impossible pour luy plaire , & cette Ville dont le Siege devoit durer long-tems fut attaquée avec tant de vigueur que le Gouverneur se vit contraint en trois jours de se rendre à discretion.

Quelle fut la satisfaction du Roy de trouver dans un Frere qu'il aime , un Prince qu'il doit estimer, & quel bonheur pour Monsieur qui ne cherche qu'à plaire au Roy , de remarquer que le cœur de ce Grand Prince s'interesse dans les loüanges qu'on luy donne.

Passons , Messieurs , ces premiers succez des Armes du Roy entre les mains de Monsieur , & voyons-le dans le Siege de Bouchain où il commence à imposer au plus redoutable Chef des alliez.

Le Roy ayant pris Condé envoya Monsieur faire le siege de Bouchain, cette Place quoy que petite étoit redoutable par ses fortifications , & necessaire aux desseins du Roy, parce qu'elle coupoit la com-

munication de Cambray à Valenciennes que ce Prince méditoit d'affieger la Campagne fuivante. Monfieur avec fa diligence ordinaire avoit avancé fes travaux & mis la Place en état de craindre le dernier
effort de fes armes, lors qu'il apprit que les ennemis
fe flattoient de la fecourir, en effet le genie qui les
anime fe fert de tout ce que l'artifice luy peut fournir pour réüffir dans une entreprife où fon honneur
étoit intereffé, il cherche à dérober des marches,
il paffe l'Efcaut avec une diligence incroyable & il
efpere de paroître dans des lieux où il croit qu'on ne
l'attend pas.

Mais le Roy à qui rien n'échappe prévient fes def-
feins & charmé du parti que les ennemis prennent
de fecourir Bouchain, il met fon Armée en bataille,
permet à Monfieur de venir combattre fous fes Ordres, luy donne l'aîle gauche à commander, & fent
toute la joye d'un jeune Heros qui trouve une fi bel-
le occafion de marcher à la gloire.

Quel fpectacle pour l'Univers de voir la Maifon de France armée, de voir ces Auguftes Freres
combattre enfemble des ennemis qu'ils ont toujours vaincus féparez, quelle impatience dans ces
ames magnanimes de commencer cette grande
action, & qui pourroit croire que les ennemis éton-
nez par leur prefence, ne fongent plus qu'à éviter
une bataille qu'ils s'étoient vantez de prefenter.

Le Roy pour engager un Combat qu'il defiroit
avec tant d'ardeur, renvoye Monfieur à Bouchain,
luy ordonne de faire voir cette Ville en feu aux yeux

des ennemis, efperant qu’ils s’épargneront la honte
d’être les témoins de la prife d’une Place qu’ils
avoient promis de fecourir, & que faifans quelques
mouvemens pour aller à Monfieur, ils luy feroient
naître les moyens de marcher à eux ; mais les ennemis immobiles laiffent à Monfieur la gloire de
prendre Bouchain, & font connoître qu’ils avoient
voulu le furprendre, & qu’ils n’ofent combattre.

Suivons cependant les Ennemis dans le tems
même qu’ils nous évitent ; ils fervent trop utilement
à la gloire de Monfieur pour les laiffer difparoître,
voyons ce que le Prince qui les commande, fi capable d’une grande action, entreprendra pour foû-
tenir l’honneur de fon parti, & pour venger fa
réputation offenfée : Le Roy ouvre la campagne
fuivante par le fiege de Valenciennes ; cette place
prefque imprenable n’occupe que peu de jours les
foins de ce Heros, & cherchant par tout des ennemis
qui ofent enfin luy réfifter, il forme un deffein qui
feul fuffiroit pour faire connoître les qualitez heroïques de ce Roy magnanime, fon courage luy fait
entreprendre devant des Armées auffi fortes que les
fiennes d’attaquer en même temps les deux Places
les plus confiderables de la Flandres, & les plus
neceffaires à fes ennemis, dans cette vûë il marche
à Cambray, & charge Monfieur d’aller faire le fiege
de faint Omer.

Ce Prince arrive devant cette Place, occupe les
poftes, ouvre la tranchée, & pour perfectionner fes
ouvrages, fe fert d’une maniere nouvelle pour faire

poser du canon dans des lieux où les ennemis ne croyoient pas qu'on en pût conduire ; c'est-là où ce Chef qui fait toute l'attente des Alliez, touché de n'avoir encore rien fait pour sa gloire, croit trouver un moment favorable pour faire réüssir ses desseins : Il voit Monsieur dans une situation où il ne peut combattre qu'avec un desavantage considerable, cette occasion luy paroît heureuse & le détermine à donner bataille ; il ranime la valeur de ses soldats, il leur fait sentir la honte de n'oser tenter la victoire, & leur representant l'Armée de Monsieur trop foible pour leur résister, il cherche à leur diminuer la vûë du peril pour augmenter leur confiance.

MONSIEUR informé de ses démarches, assemble le Conseil de Guerre ; les Generaux les plus intrepides doutent si l'on doit donner un combat aussi inégal ; les ennemis postez avantageusement, leur nombre superieur au nostre les font balancer, la valeur même de Monsieur les arrête ; ils sçavent que ce Prince sera toûjours où le peril sera le plus grand ; & persuadez de la tendresse du Roy pour luy, ils sont convaincus que toutes les victoires du monde ne pourroient le dédommager de sa perte.

MONSIEUR seul prend sur luy le succés du combat ; il envoye reconnoître l'Armée des ennemis ; il considere la disposition de leur camp ; il remarque leur faute, il en profite ; & impatient, il livre une bataille que les ennemis vouloient luy donner, les soldats animez par son exemple ne connoissent plus le peril ; accoûtumez à vaincre, ils redoublent leurs efforts, par l'envie qu'ils ont de marquer leur amour pour Monsieur, en répandant leur sang pour sa gloire, ils sentent qu'un Prince qui marche si fierement à la victoire est digne de la remporter; dans cet esprit ils vont aux ennemis, ils les attaquent, ils les forcent dans les endroits les plus difficiles, leur résistance opiniâtre ne sert qu'à exciter leur courage.

MONSIEUR present par tout, s'apperçoit que les ennemis enfoncent quelques bataillons, il s'avance, il les rallie, les mene aux ennemis; & répandant la terreur jusqu'au milieu de leur camp, il est le premier, témoin de sa victoire : ces troupes fugitives laissent à Monsieur pour monument de sa gloire le champ de bataille chargé de cinq mille morts, leur canon, leur bagage, trois mille prisonniers; en un mot, toutes les marques de la victoire la plus complette & la plus glorieuse.

Quelle sera l'occupation du Vainqueur après le gain de la bataille; plein de sa propre gloire ira-t-il se livrer aux applaudissemens publics, les cris de joye des Soldats, les loüanges des Capitaines, l'admiration des Generaux exciteront-ils dans ce grand cœur quelques mouvemens de présomption si ordinaires à ceux qui sont au dessus des autres : Non, Messieurs, ce Prince modeste dans la victoire, ne perd rien de son caractere ; reconnoissant envers Dieu il leve au Ciel ses mains victorieuses, il rend graces au Dieu des Armées d'avoir combattu pour luy, il confesse avec humilité que c'est la main de

Dieu

Dieu qui s'eſt appeſantie ſur les ennemis ; que c'eſt luy qui les a vaincus par la force de ſon bras , qui a diſſipé leurs deſſeins par ſa ſageſſe , & qui a bien voulu écouter les prieres de ſon ſerviteur dans les jours de ſa miſericorde.

Ces premiers devoirs rendus à Dieu , Monſieur pour ſatisfaire à cette bonté tendre & genereuſe qui accompagne toutes ſes actions , va ſur le Champ de bataille faire donner de prompts ſecours à tous les bleſſez , ceux des ennemis qui s'y trouvent ont part à ſes graces , il entre dans leurs beſoins , il prend ſoin de leurs jours , & leur fait autant admirer ſon humanité aprés la victoire , qu'il leur avoit fait re-douter ſa valeur pendant le combat.

C'eſt ainſi que ſe termine cette grande journée de Caſſel , ſi glorieuſe pour Monſieur , ſi fatale aux Ennemis ; c'eſt ainſi que ce Prince fait briller mille vertus dans une ſeule action ; ſa valeur , ſa pénétra-tion , ſon activité , ſa pieté , ſa modeſtie , cette bonté compatiſſante qui ne peut voir ſouffrir des malheu-reux ſans les ſecourir ; & c'eſt ainſi que ce genie ſuperieur qui flattoit les ennemis d'une victoire cer-taine , voit ſes deſſeins diſſipez & ſa valeur trompée par la prudence & par le courage invincible du grand Prince que nous venons de perdre.

La Ville de ſaint Omer ne pouvant eſperer au-cun ſecours , ne fut pas long-tems à reconnoître ſon Vainqueur , & Monſieur aprés avoir donné les ordres neceſſaires pour la ſûreté d'une Place ſi im-portante , partit pour aller rejoindre le Roy : Auſſi-

C

toſt qu'il paroît les ſoldats quittent leur rang pour avoir le plaiſir de le voir, toute la Cour s'empreſſe à l'admirer ; ce Prince plus modeſte que jamais, reçoit avec peine les loüanges les plus juſtes ; il approche de la perſonne du Roy avec cette tendre veneration qui luy étoit ſi naturelle, il luy rend compte des actions de tout le monde, & n'oublie que les ſiennes ; il donne à la valeur des Troupes, à la ſageſſe des Generaux tout ce qu'il ſe doit à luimême, & charmé de la joye que le Roy luy témoigne de la victoire qu'il venoit de remporter, il y eſt mille fois plus ſenſible qu'il ne l'avoit été au gain de la bataille.

Diſons donc à la gloire du Vainqueur de Caſſel ſi redoutable dans le combat, ſi modeſte aprés la victoire, que Dieu l'a fait triompher de ſes ennemis toutes les fois qu'ils ont paru devant luy, *interfeci univerſos inimicos tuos à facie tua.*

En effet, ſi les plus grands Heros ont ſouvent beſoin dans les portraits qu'on donne d'eux au Public, que l'Orateur habile cache ſous des ombres quelques endroits de leur vie peu favorables à leur gloire, nous pouvons dire icy dans la Chaire de verité, où nous ne loüerions pas ſi hautement les actions militaires de Monſieur ſi elles n'étoient en quelque maniere ſanctifiées par la protection continuelle que Dieu luy a donnée ; que ſa gloire eſt entiere ; que les ennemis n'ont jamais eu ſur luy aucun avantage ; qu'il s'eſt trouvé à la priſe des plus fortes Villes de l'Europe ; qu'il a formé pluſieurs

fieges fans en lever aucun ; qu’il a fouvent cherché
les Ennemis fans qu’ils ofaffent paroître, & que fi
leur Chef le plus capable de réüffir, s’eft enfin re-
folu à combattre contre luy, il n’a fervi par fa dé-
faite qu’à verifier pour Monfieur, ces paroles de mon
texte, Je vous ay toûjours fait vaincre vos ennemis,
interfeci univerfos inimicos tuos.

Mais ces heureux fuccés, cette gloire fi brillante,
ce nom fi refpecté & fi grand devant les hommes,
que luy ferviroient-ils devant Dieu, fi celuy qui ar-
moit fon bras contre les ennemis ne fortifioit fon
cœur contre les paffions, s’il ne rendoit ce Prince
auffi grand devant luy par fa pieté, qu’il l’a rendu
redoutable aux ennemis par fa valeur ? Cherchons
donc dans cette pieté tendre & charitable que Dieu
a mife dans fon cœur l’efperance de fon falut, &
renouvellez vos attentions dans cette feconde Partie,
où vous trouverez des vertus propres à vous édifier
& à vous inftruire.

N E cherchons point de veritable juftice fur la
terre ; l’Ecriture nous enfeigne que le plus jufte peche
fouvent, & JESUS-CHRIST pour faire reconnoître
fa divinité aux hommes, leur fait remarquer, qu’ils
ne peuvent le reprendre d’aucun peché, *Quis ex vobis
arguet me de peccato?*

Ne croyons donc pas trouver dans un Prince élevé parmi les délices du monde, environné de plaifirs enchanteurs, dans une Cour où tout cherche à
luy plaire, une Ame toûjours innocente, ce feroit un
prodige de la grace que Dieu expofe rarement à nos

SECONDE
PARTIE.

C ij

yeux ; mais admirons dans Monſieur un fond de Religion, qui dans tous les tems de ſa vie nous a fait entrevoir le caractere d'un Prince que la Providence vouloit ſauver.

En effet, Monſieur a toûjours donné des preuves ſenſibles de ſa pieté; ſa foy, & ſon reſpect pour la Religion ont paru dans toutes ſes actions : Quelle veneration pour nos myſteres, quelle confiance en la miſericorde de Dieu, quelle crainte de ſes jugemens n'a-t-il pas marqué? On le voyoit dans ſa plus vive jeuneſſe s'occuper ſouvent à la priere, & demander à Dieu la force de vaincre ſes paſſions.

S'il bâtit cette maiſon ſuperbe, où la magnificence & le bon goût regnent par tout, où l'art ne fait qu'aider la nature : Il veut pour ſe la rendre agréable que le ſervice de Dieu s'y faſſe d'une maniere ſolemnelle ; qu'un nombre conſiderable de Preſtres qu'il y fonde leve ſans ceſſe les mains au Ciel pour attirer ſur luy ſes benedictions ; & pour les meriter, ſa pieté aſſiduë le faiſoit ſouvent aſſiſter avec eux aux Offices Divins. Qu'il faiſoit beau voir ce Vainqueur couronné par la victoire, venir comme un ſimple Fidele remplir dans ſa Paroiſſe les devoirs d'un veritable Chrétien, & faire par des actions ſi édifiantes la cenſure de la plus part des hommes.

Mais qui pourroit exprimer l'étenduë de ſa charité, je vous appelle icy nombre preſque infini de pauvres familles qui dérobans au public la connoiſſance de vos beſoins, trouviez dans les liberalitez de Monſieur les ſecours qui vous étoient neceſſaires, les aumônes qu'il vous a faites font, il eft vray, cachées aux hommes, mais elles en font plus agréables à Dieu, & ce Prince reçoit aujourd'huy la récompenfe de tous les biens qu'il vous a donnez.

Il y a, Meffieurs, deux préceptes dans l'Ecriture qui paroiffent oppofez; dans l'un Dieu veut que nos bonnes œuvres foient fi cachées, qu'une partie de nous-même les ignore, & dans l'autre il nous ordonne de les rendre fi publiques, que tout le monde les connoiffe : Qu'eft-ce que cela fignifie? La Verité n'eft-elle pas toûjours une, fimple invariable? Dieu peut-il fe contredire dans fes préceptes? Nous commande-t-il des chofes impoffibles, ou cherche-t-il à nous féduire? Non, Meffieurs, ce Dieu du cœur, jaloux d'y regner, veut que vous cachiez dans le fecret de fa Providence une partie de vos bonnes œuvres, pour marquer qu'elles ne font faites que pour luy; mais engagez à donner l'exemple, il vous ordonne en même tems d'en faire paroître aux yeux des hommes qui les édifient, & les portent à luy rendre ce qu'ils luy doivent.

MONSIEUR a rempli dans fes charitez ces deux caracteres d'un parfait Chrétien, il a caché dans le fein des pauvres, il y a mis à profit pour l'Eternité des fommes infinies ; mais fes aumônes particulieres n'empechoient pas fes aumônes publiques ; dans le tems qu'il ordonnoit en fecret d'aller rétablir cette famille ruinée, il donnoit aux yeux de fes courtifans des fommes confiderables, on l'a vû pendant des voyages répandre l'argent à tous les pauvres qui fe préfentoient, avec la même liberalité qu'un homme qui féme répand fes biens dans le fein de la terre, comme parle faint Chryfoftome : *Seminantis more.*

Ne nous étonnons donc pas, fi l'Apôtre nous af-fure que celuy qui donne aux pauvres avec un ef-prit de liberalité, qui craint toujours de ne pas don-ner affez, recueille une moiffon abondante en bene-dictions; que la charité de Monfieur toujours vive, toujours bien-faifante, luy ait attiré des graces con-tinuelles; ne nous étonnons pas que Monfieur n'ou-bliant jamais Dieu fur la terre dans la perfonne de fes pauvres, Dieu ne l'oublie pas dans le Ciel; qu'il récompenfe fes aumônes cachées, & fes aumônes publiques, fes aumônes cachées par des graces inte-rieures qui éclairent fon efprit & touchent fon cœur, & fes aumônes publiques par les foins vifibles de fa Providence à luy donner des enfans dignes de le ré-prefenter.

Ce Prince voulant par une alliance contribuer à affermir la paix que le Roy avoit donnée à l'Euro-pe, Epoufa Madame Henriette Anne Princeffe d'An-gleterre, qui vint en France avec ces qualitez que l'eftime & l'admiration accompagnent toujours, & qui dans le peu de temps qu'elle a vécû s'eft acquife une réputation qui ne mourra jamais. Elle nous a laiffé en mourant deux grandes Princeffes qui ont depuis parû dans l'Europe avec des vertus dignes de leur Sang. Une Reine d'Efpagne, qui a porté dans ce Royaume des qualitez heroïques & aimables, qu'on y refpecte encore: Et qui fçait fi la Providence qui dif-

poſe dans les ſecrets de ſa ſageſſe les plus grands éve-
nemens , n'a point choiſi cette Princeſſe pour faire
connoître aux Eſpagnols le bonheur de la domi-
nation Françoiſe, & ſi elle n'a pas préparé leurs eſ-
prits par les ſoins qu'elle ſe donnoit de les entretenir
ſans ceſſe des vertus de Loüis le Grand , à luy venir
demander pour leur Roy , un Prince de ſon Sang.

Ces mêmes qualitez ſe font admirer dans Madame
la Ducheſſe de Savoye , ſa ſage conduite s'eſt attirée
l'eſtime & la veneration de ſes peuples , & plus heu-
reuſe dans ſa poſterité que la Reine ſa Sœur , aprés
avoir donné à la France une Ducheſſe de Bourgo-
gne dont l'air majeſtueux , l'eſprit brillant & ſolide ,
les manieres meſlées de douceur & de fierté , font
ſentir tout le merite de ſes vertus naiſſantes ; donne
encore aujourd'huy à l'Eſpagne une Princeſſe qui va
faire revivre dans ce Royaume les vertus de la Reine ſa Tante.

Mais ce ne ſeroit pas aſſez que le Sang de Monſieur ſe conſervât dans des Princeſſes dont les vertus convenables à leur ſexe , ne leur permettent pas
de faire briller à nos yeux ce courage invincible
qui ne connoiſſoit le peril que pour le mépriſer ; il
faut pour ſa gloire & pour nôtre conſolation , que
nous ayons un Prince digne heritier des ſes vertus,
qui nous le repreſente ſans ceſſe , un Prince qui par
ſa bonté s'attire tous les cœurs , qui cherche la gloire ſans oſtentation , qui merite les loüanges ſans les
aimer ; qui étonne les ennemis par ſa valeur , & qui
dés ſes premieres campagnes execute ce qu'on n'o-

feroit entreprendre ; c’eft-là un foible crayon des vertus du Fils que la Providence luy deftine dans fon
fecond Mariage.

MONSIEUR pour donner toujours à la France
des alliances dignes d’elle , époufe Madame Eliza-
beth-Charlotte Princeffe Electorale Palatine ; cette
Princeffe née d’une Maifon accoûtumée aux Sce-
ptres & aux Couronnes , qui a donné des Empe-
reurs à l’Occident , des Rois au Dannemark & à la
Bohéme , & qui en donne encore aujourd’huy à la
Suéde , fait autant refpecter fes vertus que fa naiffan-
ce ; on voit en elle un efprit aifé qui fe fait fentir fans
chercher à paroître , un cœur élevé toujours fenfible à
la gloire , une tendreffe pour fes Auguftes enfans
qu’on ne peut exprimer , une conftante amitié pour
toutes les perfonnes qu’elle honore de fa bienveillan-
ce , un profond refpect pour le Roy , & un attachement pour Monfieur qui luy donne aujourd’huy
dans la perte que nous venons de faire, cette vive douleur qui ne finira qu’avec elle.

La France a de cette Princeffe un Duc d’Orleans ,
& une Ducheffe de Lorraine , un Duc d’Orleans qui
conferve les vertus de Monfieur dans leur jour, & qui,
pour marquer fon attachement pour la perfonne
du Roy , a cherché dans une nouvelle alliance à
luy appartenir encore de plus prés : Nous trou-
vons dans Madame la Ducheffe d’Orleans une Princeffe dont les vertus font admirées de tout le monde , & malgré cette modeftie qui luy fait cacher fes
grandes qualitez avec autant de foin qu’une autre

fe

se donneroit de peine pour les faire paroître, elle
découvre à nos yeux un vray merite fondé sur un esprit
capable des plus grandes choses : On voit enfin une
Duchesse de Lorraine qui aprés avoir paru à la Cour
avec cet air noble & gracieux qui luy est si naturel,
donne à l'Europe un parfait modéle de l'amour con-
jugal, & renouvelle avec la Lorraine les alliances que
cette auguste Maison à eu l'honneur d'avoir souvent
avec la maison de France.

Arrêtons-nous, Messieurs, quelques momens,
considerons icy le Sang de Monsieur qui se ranime
pour conserver à jamais ces tendres liens de l'amitié
qui l'ont toujours attachez au Roy, jettons les yeux
sur ce nombre d'alliances entre le Roy & Monsieur
dont l'antiquité ne peut fournir d'exemple, & remar-
quons à leur gloire que les siecles les plus reculez gar-
deront le souvenir de leur amitié, en trouvant encore leur Sang mêlé ensemble.

Mais, si Monsieur reçoit pour récompense de sa
piété charitable une posterité si glorieuse, nous allons
encore remarquer pour nôtre consolation, que Dieu,
qui ne l'a jamais abandonné, redouble ses graces dans
les derniers tems de sa vie pour le conduire dans les
voyes de son salut, & que par un détachement de
toutes choses, par un nombre infini de bonnes œuvres ce Prince si grand devant les hommes, va travailler à paroître grand devant Dieu, en faisant de
saints efforts pour rendre sa Prédestination certaine
comme parle l'Apôtre saint Pierre.

En effet, Monsieur ne paroît plus touché que du

D

defir de plaire à Dieu, en vain les plaifirs s’offrent à fes
yeux , en vain ils luy difent comme ils difoient autrefois à S. Auguftin , eft-il poffible que vous vouliez
nous abandonner pour toujours? *Dimittis nos & à mo-
mento ifto non erimus tecum in æternum ?* Il ne les écoute
plus , il les quitte fans regret, il va chercher dans le fein
de la mifericorde des biens plus folides : & fembla-
ble à cet illuftre penitent il demande à Dieu pour
diffiper leur murmure & pour rompre entierement
avec eux , qu’il les éloigne même de fon fouvenir ,
Avertat ab anima fervi tui mifericordia tua.

   C’eft dans fes prieres frequentes que prefent devant Dieu , humilié à la veuë de fes pechez , il luy di-
foit avec le Prophete dans l’efprit de la plus fincere
penitence, les yeux baignez de larmes, le corps pro-
fterné : Seigneur , ne vous fouvenez plus de mes an-
ciens pechez , *Ne memineris iniquitatum noftrarum anti-
quarum* , ou fi vous vous en fouvenez , faites , ô mon
Dieu , qu’ils foient l’objet de vôtre mifericorde : *Citò
anticipent nos mifericordiæ tuæ.*

   Ne croyez pas , Meffieurs , que ce foit icy un trait
d’éloquence , pour vous repréfenter Monfieur penitent , & occupé du feul foin de fe fauver , c’eft l’é-
tat où ceux qui avoient l’honneur de l’approcher le
trouvoient le plus fouvent , & c’eft l’état ou Dieu
l’a fait paroître devant les hommes pour leur faire
fentir ce qu’il feroit un jour devant luy.

   Si Monfieur eft obligé de donner quelques momens à fa Cour , s’il parle à tout le monde avec cette bonté qui luy eft fi naturelle , il fe retire bien-tôt

dans son Oratoire ; c'est-là que sensible aux plaisirs que Dieu fait goûter à ceux qui ne vivent que pour luy, il disoit un jour à une personne de piété, le cœur plein des consolations qu'il venoit de recevoir, *Voilà un lieu bien convenable pour un Prince qui ne songe qu'à son salut.*

Mais ce qui doit surprendre tout le monde, & ce qui nous marque la misericorde de Dieu sur Monsieur, c'est que sans être malade, il sentoit les approches de la mort ; qu'il en parloit même souvent à ceux qui étoient auprés de luy avec moins de peine qu'il n'auroit parlé de la mort d'un autre ; & pour suivre les conseils du Sage qui nous apprend que pour ne plus pecher, il suffit de penser toûjours au moment de sa mort, il avoit souvent dans les mains un livre qui la rappelloit à sa mémoire, & luy donnoit les moyens de s'y préparer. Ses aumônes redoublées, sa piété plus vive, un dégoût du monde marqué dans toutes ses actions, une si grande ardeur pour la priere, qu'il ne paroissoit jamais content que quand il étoit humilié devant Dieu ; ce sont-là les œuvres qu'il faisoit sans cesse, & qu'il faisoit toûjours avec plaisir, & ce sont-là les moyens que sa piété luy suggeroit pour n'être pas surpris par une mort prochaine qu'il sembloit prévoir.

Une heureuse occasion de couronner la Vie Chrestienne de Monsieur se presente ; le Jubilé est accordé à toute l'Eglise, ce Prince profite de ces jours de graces & de benedictions ; il délivre des prisonniers, il donne aux pauvres des sommes plus considerables que jamais ; il ordonne qu'on fasse des instructions publiques dans fa maifon, afin que tous fes Officiers inftruits de leurs devoirs les rempliffent avec plus de piété ; & retiré devant Dieu il repaffe fes pechez dans l'amertume de fon cœur, il les prefente à fa mifericorde pour en obtenir le pardon, il fe jette plufieurs fois aux pieds de fes Miniftres, il fait en peu de jours deux Confeffions particulieres, & rappelle dans une Confeffion generale tous les pechez de fa vie pour les foûmettre encore une fois à la juftice de Dieu ; il les confeffe avec une fi vive douleur, qu'il édifie celuy qui les entend, & dans une pleine fanté il reçoit le Corps de Jesus-Christ avec autant de préparation à la mort, de crainte des jugemens de Dieu, & de confiance en fa mifericorde, que s'il s'étoit vû dans les derniers momens de fa vie.

Voilà, Meffieurs, ce que j'ofe appeller un caractere de Prédeftination ; Dieu qui le veut fauver luy fait preffentir le tems de fa mort, pour qu'il s'y difpofe ; Monfieur fidele à fes graces, en profite pour fon falut, & foûmis à ce qu'il plaira à Dieu d'ordonner de luy, il attend la mort fans frayeur ; s'il craint un jufte Juge, il a recours à un Dieu mifericordieux, & dans cette crainte mêlée d'amour & d'efperance, il met fa confiance dans un Dieu qui ne l'a jamais abandonné. Ce Prince continuë le peu de jours que la Providence luy laiffe dans les exercices de la piété la plus tendre ; & plus fa mort approchoit, plus il fentoit que fon cœur s'uniffoit à Dieu, qu'il alloit poffeder éternellement.

Ce jour si fatal pour nous, si heureux sans doute pour Monsieur, arrive; il tombe entre les bras de ce Fils qui luy est si cher, qui surpris & pénétré d'une douleur qu'on n'avoit jamais sentie, n'a pas la force de le soûtenir; toute cette Cour frappée d'étonnement, sent sa douleur sans la pouvoir exprimer; des paroles entrecoupées de sanglots marquent à peine ce qu'on veut dire; & dans une si triste situation, on envoye avertir le Roy du dangereux état où Monsieur se trouve.

Seigneur, moderez la douleur que ce grand Prince va sentir de la perte d'un Frere qu'il aime si tendrement toûjours presente à son cœur, elle troubleroit sans doute le repos de ses jours précieux, augmentez-les en retranchant les nôtres, nous ne les pouvons trop acheter, & conservez-le pour le bien de l'Eglise, pour celuy de l'Estat, &, si je l'ose dire, pour vôtre propre gloire.

Les traits de la plus vive éloquence ne peuvent representer ce que le Roy sentit en apprenant cette funeste nouvelle; il arrive à Saint Cloud; il trouve Monsieur presque entre les bras de la mort : Quel spectacle pour luy ? Il le ranime par sa presence, le rappelle quelques momens à la vie, & fait employer par les Medecins les plus habiles tout ce que leur science leur peut fournir de remedes; dans ces tristes instans le Confesseur de Monsieur arrive; ce Prince le reconnoît, il le regarde, il luy marque par des signes sensibles le plaisir qu'il a de luy entendre parler de Dieu, il cherche dans une langue embarassée des paroles qui ne laiſſent pas encore de marquer le deſir qu’il auroit de recevoir JESUS-CHRIST ſur la Terre avant que de s’unir à luy dans le Ciel, & mourut peu d’heures aprés de la mort des Juſtes.

C’eſt alors que n’étant plus ſoûtenu par un reſte d’eſperance, tout le monde s’abandonne aux mouvemens d’une ſi extrême douleur, qu’on peut dire que l’image en étoit ſi touchante, qu’elle avoit encore quelque choſe de plus triſte & de plus affreux que l’image de la mort : C’eſt alors que le Roy fit voir par ſes larmes que les plus grands cœurs ne ſont pas les moins ſenſibles ; c’eſt alors qu’il promit à cette auguſte Famille affligée cette protection éclatante dont il vient de luy donner des marques, & c’eſt ainſi qu’il trouve le ſecret de récompenſer le mérite du Fils en ſatisfaiſant à la tendreſſe qu’il auroit pour le Pere.

La nouvelle de la mort de Monſieur s’étant répanduë, cauſe une conſternation publique ; & l’on peut dire que ce Prince ne ſeroit jamais mort s’il avoit vêcu auſſi long-tems qu’il auroit été aimé & cheri des peuples.

C’eſt enfin dans cette triſte ceremonie où le monde luy vient rendre ſes derniers devoirs : Heureux dans nôtre malheur de trouver dans ſa piété l’eſperance de ſon ſalut, de ſçavoir que ſi ſa mort a été prompte, elle n’a pas été imprévuë ; que ſes œuvres charitables, ſes prieres frequentes, ce parfait détachement de toutes choſes, cet abandonnement de luy-même aux ordres de la Providence, ont précedé ſa mort ,

& l'ont renduë précieuſe aux yeux de Dieu.

Oüy, grand Prince, le Sang de J. C. dont vous avez profité pendant vôtre vie, vous tient lieu de celuy que vous n'avez pas reçû à l'heure de la mort : Vous paroiſſez aujourd'huy devant un Dieu qui vous avoit accoûtumé à l'aimer, & juſtifié par les œuvres d'une Penitence ſincere & veritable, vous joüiſſez ſans doute des récompenſes qu'il donne aux ames qu'il choiſit.

Mais nous, Meſſieurs, que Dieu ne laiſſe en ce monde que pour travailler à nôtre ſalut, qu'attendons-nous pour nous convertir ; les plus grandes maladies attaquent les plus grands Princes, nous venons d'en perdre un que nous ſentons qu'on ne peut aſſez regretter ; les grandeurs s'évanoüiſſent, la figure du monde paſſe, voulons-nous en paſſant avec elle, ne préſenter à la Juſtice de Dieu offenſée que des cœurs remplis de pechez dont ils n'ont jamais fait penitence.

Faſſe le Ciel ! qu'une condüite ſi peu chrétienne, ne ſe trouve point dans un Auditoire ſi reſpectable. Faſſe le Ciel ! qu'on n'y connoiſſe les grandeurs que pour s'humilier, le monde que pour s'en détacher, les paſſions que pour les vaincre. Faſſe le Ciel ! que les vertus de Monſieur nous ſoient preſentes auſſi long-tems que ſa perte nous ſera ſenſible.

MONSEIGNEUR,

Une douleur ſi univerſelle ne me permet pas de

parler de ce merite éclatant qui fait l'étonnement &
l'admiration de tout le monde, vous me défavoüe-
riez fi dans cette trifte cérémonie, je mêlois vos
loüanges avec des pleurs; laiffons donc à vos vertus
le foin de vous faire connoître, elles s'en acquittent
dignement, il fuffit pour nôtre édification d'admirer cés réfléxions folides d'un efprit toujours jufte,
qui à la vûë de cet illuftre mort, de ce grand
Prince que vous régrettez fi vivement, vous ont fait
remarquer la vanité des grandeurs du monde, dans
un âge où on les aime fans les connoître; & de pu-
blier que Dieu qui vous a donné un cœur au deffus
des autres, vous met déja, MONSEIGNEUR, au
deffus de vous-même.

FIN.

PERMISSION.

PErmis d'imprimer ; deffenfes à tous Imprimeurs de
le contrefaire, fous les peines portées par les Regle-
mens. Fait ce 28. Juillet 1701.

M. R. DEVOYER D'ARGENSON.